姜二嫚的诗

姜二嫚 著　　小里予 绘

浙江文艺出版社
Zhejiang Literature & Art Publishing House

目录

灯

灯把黑夜
烫了一个洞

2014.12.16

2018/07/01

早晨（之一）

早晨 5 点
天开始亮了
而且亮得特别快
我揉一下眼睛
它就亮一点
再揉一下
就更亮一点

2014/12/18

我发现（之一）

我发现

有好多颜色

都还没有命名

还有好多声音

也没有命名

甚至

有好多字

还根本没有发明出来

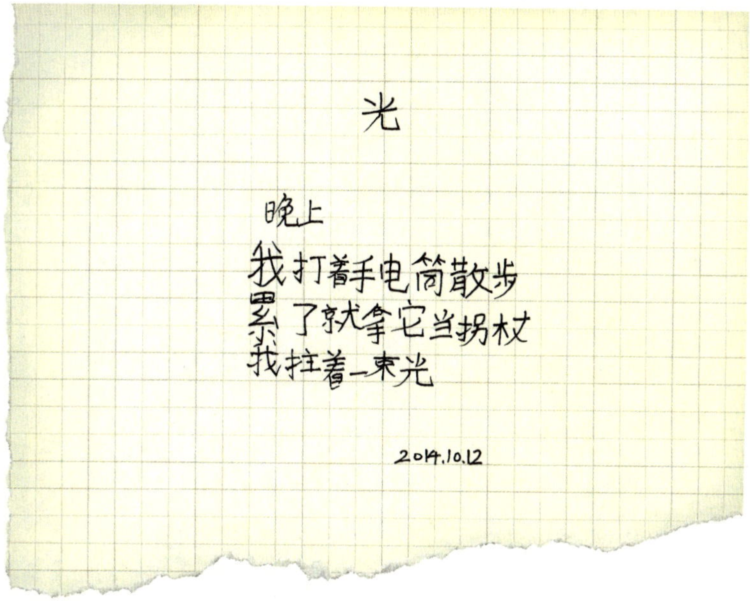

光

晚上
我打着手电筒散步
累了就拿它当拐杖
我拄着一束光

2014.10.12

2014/10/13

月亮（之一）

为了跳到天上

月亮先爬到

树上

2014/10/14

月亮（之二）

（1）

月亮吃饱了天上的乌云

肚子就圆了

然后

开始生星星

（2）

每生出一颗星星

月亮的肚子

就缺一块

每生出一颗星星

月亮的肚子

就缺一块

生了满天的星星之后

月亮的肚子

就完全扁了

苹果

晚上
爸爸坐在院子的黑暗里
吃苹果
我看不见他
只能看见苹果
在空中
上上下下
一会儿少一块
一会儿少一块

2017.8.13

2014/12/16

飞禽

在外星人眼里

我们也都是些飞禽

跟着地球

飞

天

月亮是天的牙齿
很白
没有牙缝
有时天会抿着嘴笑
有时会开怀大笑
天上的星星
都是它的眼睛
从不同的角度看着
大地和人间

2018.3.22

2018/08/05

散步

我打着手电筒散步

一关手电筒

瞬间

被虫声包围

早晨（之二）

(1)
今天因为要赶车
所以起得很早
我第一次看见
早晨这么美

(2)
天空生出霞光
霞光生出太阳

(3)
我第一次看见
太阳从东方向出来
不是从养[illegible]的地方
而是从我朋友的家那边

(4)
等太阳生出月亮来
太阳就死了

2019.9.23

2018/06/28

萤火虫

我发现萤火虫的光
就是它的能量
每次它起飞之前
屁股会一节一节地亮起来
等整个屁股都亮时
它就起飞了

2018/08/26

不光人有生命

不光人有生命

小草也是生命

飞鸟也是生命

天花板也是生命

遍地都是生命

生命比人多

2018/10/05

女娲

我拿手电筒的光

刺破天空

因为

我想看女娲

是怎么补天的

2017/07/18

大人

下巴像个悬崖

悬崖顶上

两个鼻孔山洞

深不可测

2014/10/11

为什么

为什么别的小朋友

都不喜欢跟我玩

为什么他们都嫌我的话太多了

只有儿童乐园老板的女儿愿意和我玩

因为她也话多

2018/11/06

孤独

我站在人群中

孤独得

就像 P 上去的

2015/06/01

请求

明天

你帮我买个大镜子吧

等我寂寞的时候

我就跟镜子里的自己

玩

2013/11/05

太好了

太好了

我比姐姐

多个姐姐

2018/12/23

丑画

我翻出小时候

画的

特别丑的

一张画

郑重其事

掸掸灰

端端正正地放在

垃圾桶

正中央

古诗

我把刚写的一首诗
放在太阳底下晒
想把它晒黄
像一首古诗
假装已经流传了几万年

2017.626

2014/08/18

什么都是路

什么都是路

河的路走鱼

天空的路走鸟走圣诞老人

树梢的路走风

大石头的路走蚂蚁

龙华文化广场的路

走我的滑板车

2018/09/02

好奇

街上

看到一个人

在往椅子上喷油漆

爸爸说

快闭气

这个味道有毒

我好奇地

吸了一大口

2017/07/18

灵感（之一）

我在家里没有灵感

一出门就有

2018/06/27

开心

和姐姐走在路上

突然特别开心

好想把姐姐扔到树上

2018/03/06

回收

一辆回收旧彩电

旧冰箱

旧洗衣机

旧电脑

的三轮车

车主躺在里面

睡了

好像回收了自己

2018/07/12

街上

我喜欢在街上

吃棒棒糖

除了棒棒糖的甜味

还可以尝到

炫耀的

味道

2017/10/25

大雾天

大雾天

看到一个人

蹲在街角抽烟

直觉告诉我

是他抽出了

大雾天

鱼籽

在自助餐厅
我要去拿鱼籽吃
妈妈拉住我说
吃鱼籽会变笨的
不信你看
就把手指向
拿了一大盘鱼籽
笑呵呵的爸爸

2018.6.22

2018/07/12

陀螺

公园里

有个叔叔

在抽陀螺

一鞭子下去

太狠了

陀螺倒地而死

2018/10/08

叮当街

叮当街很安静

只有一个垃圾袋

在空中飞

2018/07/07

梦（之一）

我爸爸走丢了

一个仙女

带着三个爸爸

来到我身边

一个金爸爸

一个银爸爸

一个傻爸爸

她问

你丢的是哪个爸爸

我说

是个傻爸爸

仙女说

孩子你很诚实

我把另外两个也送给你吧

我问

能拒绝吗

仙女微笑着回答

不能

然后就消失了

2018/03/06

海

我在海里游完泳

回到岸上

再把泳圈上的海水

用毛巾擦掉

拧干

还给大海

2017/11/09

大姨妈

大姨妈带我
去她工作的学校
路上
大姨妈说
宝贝啊
到了之后千万不要说
大姨妈不好
也不能写到诗里

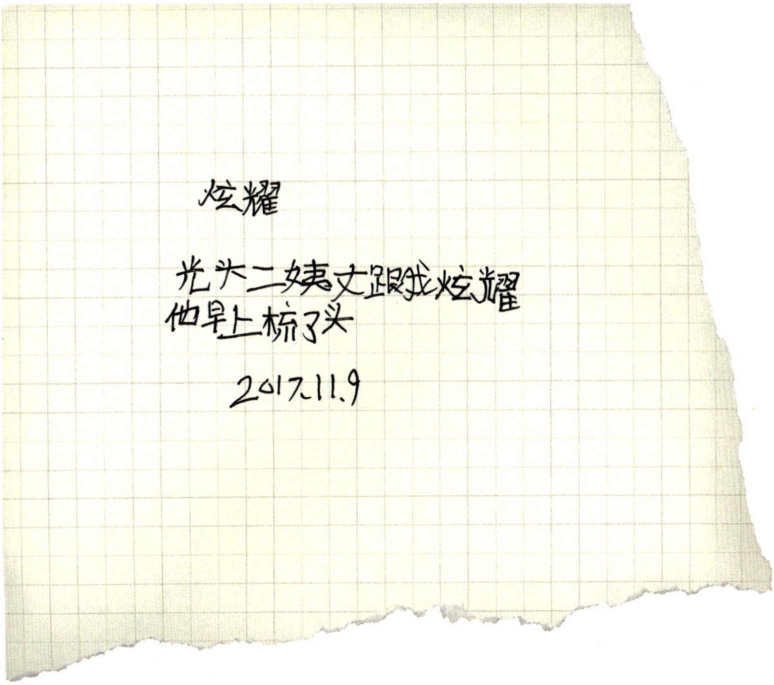

炫耀

光头二姨丈跟我炫耀
他早上梳了头

2017.11.9

2018/05/05

洗手

我一边洗手

一边想事情

洗完发现

我洗得太久

把手洗得

很耀眼

夏天

看书之前
我先把书放在冰箱里
冰一冰
再看
特别爽

2018.7.16

喵

2018/06/27

井盖

外婆拉着我的手

带我去喝早茶

路过一个下水道的井盖

外婆说

如果一个人走路

一定要躲开井盖

如果两个人就不怕

一个人万一掉进去了

另一个人可以把她拉上来

外婆一边说

一边使劲跺井盖

我突然感觉

心里好有压力

花纹

爸爸从凉席上起来
身上布满了凉席的花纹
很快那些花纹又回到了
凉席上
因为它们不愿流浪

2017.6.13

2014/06/08

西瓜话

卖西瓜的人
拍一拍大西瓜
问道
喂你好吗
你熟了没有哇

他侧耳听一听
听见西瓜说
熟啦熟啦

但是有个调皮的西瓜
故意说
不行不行
我还没熟呢

卖瓜的人
和西瓜
说的都是
西瓜话

我也想学
西瓜话

2018/07/15

打脸

这几天

一会下雨一会晴

出门时

天好好的

姐姐说要不要拿伞

我说不用

刚说完

一阵雨砸下来

特打脸

2018/08/28

混战

在餐馆
我点了一碗羊杂面
竟然从里面
吃出了牛百叶
是不是厨师
在动手的时候
发生了混战

高傲

下雨天
我打伞去图书馆
路上摔了一跤
弄湿了裤子
走到图书馆
看见几个男生
全身上下都湿了
鼻尖滴着水
我昂首阔步
从他们中间穿过

2017.6.26

2017/11/09

梦（之二）

买了块猪皮

钉在墙上

用来练拳击

每当拳头打在猪皮上

很远的地方

就传来一声猪的惨叫

2018/06/07

风

大风中风小风
南风北风西风东风

两个小风等于一个中风
两个中风等于一个大风

风打起来就是龙卷风
风累了就是没风

风没有家
风要家干什么

2018/07/25

粥

我喝小米粥

每次都会打一大勺

因为小米豆一粒一粒的

像一个大家庭

我不希望它们分离

2017/11/09

尴尬

在图书馆

挑了一摞书

《生活小窍门》

《家居收纳》

还有些做菜做饭做甜点的

走在路上

突然觉得好尴尬

好尴尬

自己像个小媳妇一样

很贤惠的那种

2014/01/31

我荡秋千的时候

我荡秋千的时候

看着天空

总觉得我一荡

天空一摇

天空像是

一个摇篮

大树一大一小

楼房一近一远

2014/01/15

不知不觉入睡的叔叔

我有一天
在地铁里
看见一个叔叔
靠在地铁栏杆上
站着
一会儿眯着眼睛
一会儿睁开
一会儿又眯上

他一会儿做梦
一会儿
从梦里出来

就像大山的山顶
一会儿在云彩里
一会儿又从云彩里
显露出来

我拿手指头

点了点爸爸

悄悄说

喂爸爸

你看那个叔叔

爸爸偷偷笑了笑

地铁也偷偷笑了笑

没办法

地铁也不能大声笑

地铁如果大声笑

会把我们

给炒煳了

2014/10/06

一望无际

爸爸带我过马路

太阳很晒

天空突然变阴了

原来是爸爸

用手帮我遮住了阳光

爸爸像个巨人

一望无际

无题（之一）

我在口述一首诗
诗突然和呼吸冲突
可是我的诗
根本停不下来
等我
口述完毕
我已经差不多窒息了

2018.10.4

2015/11/05

Hello

Hello 小狗你好

Hello 树叶你好

Hello 路灯你好

Hello 观澜河你好

Hello 栏杆你好

Hello 水泥你好

Hello 油漆你好

Hello 哈尔滨饺子园你好

Hello 维也纳酒店你好

Hello 车站你好

Hello 斑马线你好

Hello 汽车喷的臭气你好

Hello 垃圾桶你好

Hello 天上的星星你好

Hello 建设银行你好

我喜欢一样一样往下说

慢慢说

我不想一下说完

Hello 世界上的万物你好

不

我不想这么说

除非我已经很老很老了

有没有人

有没有人
拿毛笔在妈妈的黑头发上
蘸一蘸
假装是蘸墨

2014.4.29

2018/06/26

梦（之三）

有个人在写作

他写得长篇大论

那些字不耐烦了

就从纸上跳了下来

他就狂追

不小心

追进了奥运会赛场

得了个百米冠军

裁判说

这是史上最快的速度

2018/10/18

虾饼

人生就像虾饼

有时你没钱

看见老板在那里卖

等你有钱了

他已经不卖了

鸡

外婆家的鸡
壮得
都有腹肌了
2018.7.6

2015/07/03

蚂蚱

在莲花山芦苇丛旁边的

草地上

我在捉一只蚂蚱

发现它正在吃草

就停下来

等它吃完

结果它一口一口

吃了足足有两分钟

2014/10/01

我发现（之二）

我发现
在鸡面前
人类很残酷
但是鸡并不知道
它们吃虫子
也很残酷

2018/09

苍蝇

我打死一只苍蝇
殷勤地
献给蚂蚁

鱼味儿

爸爸煎了一条鱼
小猫闻见了鱼味儿
立刻坐立不安
四处找鱼
像一个烟鬼
闻见了烟味
像一个酒鬼
闻见了酒味
但最像的还是
一只小猫闻见了鱼味

2017.2.20

2015/01/17

三个幸福

在一片幸福海洋里

幸福的波涛翻滚

我的兔子

不知不觉翻滚起来

这是一只幸福之兔

那幸福的海洋

就是我喂给它的玉米皮

和菜叶

我站在幸福的海边

观看

幸福之兔在海浪中

向我招手

向我喊道

你快过来玩吧

于是我就跳了进去

幸福的海洋

幸福的兔子

幸福的我

三个幸福加起来

等于一个真正的幸福

2013/08/29

洗菜

这个西红柿死了吗

但是它们的颜色还像鲜花一样奔放

2014/10/09

我发现（之三）

我发现土豆

都睁着

一只只眼睛

土豆本来生活在土里

你把它挖出来

它瞪着这个世界

很生气

2017/07/19

掉在餐桌上的食物能不能吃

要看有没有人看见

2018/09/13

薯饼

妈妈在吃

麦当劳套餐

里面有个薯饼

我想吃

妈妈说

拿去

我说

妈妈果然爱我

2014/10/14

温馨提示

我在给爸爸掏耳朵

此耳朵暂停使用

请各种声音绕道而行

前往其他耳洞

因此给你们造成不便

请谅解

2018/06/06

鸟窝

小鸟在我身上

感觉像筑了一个窝

姐姐从我身上

把小鸟接走

还把想象中的鸟窝

也接走了

2018/11/14

外婆

外婆跟爸爸说

你就买这么多猪蹄

说完

拿自己的手比了一下

你看

就这么多

这么多

2018/09/03

无花果

夜里

窗外飘来一股

香味

我正准备开始抒情

姑姑就告诉我

那是树上的无花果

烂了的味道

2017/06/26

调焦距

我做了个蛋糕
觉得不够大
于是我就
紧紧盯住
蛋糕上的一块奶油
再用余光瞄蛋糕
蛋糕就变得很大

2018/09/09

茶香

我拿着一杯茶
闻了很久
茶香
迟迟
没有赶来

2014/11/18

感冒

我感冒了

爸爸给我熬了可乐姜汤

我沿着它的香味

逆流而上

然后顺流而下

我在香味里飘荡

边飘边觉得

多么美好的今天啊

我希望这场病好了之后

再来一场

2018/09/17

见证

先是一次

喝一点点

后来喝一小半

再后来喝一大半

现在

可以喝一瓶

谢谢啦

抗病毒口服液

你见证了我

的长大

2014/03/06

盲人通道

我脸上长了些豆豆
我用手摸一摸
疙里疙瘩的

我的手看不见路
它在我脸上走着
就像是
走在盲人通道上

2018/05/19

水柱

洗澡时
妈妈替我
搓身子
我没站稳
下意识地
握住
水柱

2018/11/09

无聊

我趴在床上

扭头

看自己的脚丫

在空中飞舞

2017/06/21

两面夹击

天花板里

住着天花板里的小人

地板底下

住着地板底下的小人

他们彼此往来

都要经过

我的世界

但是我不敢得罪他们

否则

我就会遭到

两面夹击

2018/06/22

无题（之二）

睡觉时

躺下

睡不着

眼睛四处转

找梦

梦(之四)

每天睡觉前
我都对妈妈说
梦里见

可是在梦里
我老飞到别的地方去玩
对不起呀
妈妈

2014.10.25

2017/06/21

头发

天花板里的小人

把自己最重要的王冠

不小心

掉了下来

掉到我头发里

趁我睡觉

他们下来乱翻一气

把我头发

翻得

乱糟糟的

2014/10/31

找衣服历险记

早晨醒来
衣服衣服，你在哪里

我找遍世界各地
都遭到了拒绝

在一个被遗弃的破房子里
这是传说中埃及王住过的房子
有一张破床
我的衣服就藏在床底下

我抱着衣服往回走
路过一条大河
一群鳄鱼袭击了我

我撒了些食物给它们
趁着它们吃东西时一闭嘴
我就踩着它们的嘴尖，跳了过来

刚松了一口气，突然又来了一只熊

我跟这只熊大战了 600 个回合

最后我跳进河里

发现一只大螃蟹

我以为螃蟹不在家

想躲在它的壳里，可怕的是

螃蟹在家

幸亏我的魔幻宠物霞霞来了

它和螃蟹是好朋友

我们冲进鳄鱼肚子里

生活了一段时间

当我回到家里

发现我在外面已经很久

爸爸妈妈都已老得不像样子

爸爸的白胡子有 20 米长

妈妈的白发有 80 米长

姐姐也早已出嫁

我们家成了一片废墟

2014/10/06

清湖村

你别看清湖村这么平静
可是我断定
这里一定发生过战斗

如果 10 年前没有发生过
那么 100 年前也一定发生过
如果 100 年前没有发生过
那么 200 年前也一定发生过
如果 200 年前没有发生过
那么 300 年前也一定发生过

我能听见他们战斗的惨叫
和胜利的高呼

订货

月亮啊
我向你订货
我要一个正方形的月亮
我还要一个三角形的月亮
我还要一个老鼠形的
猪形的
羊形的
兔子形的
牛形的
我要开个店来卖
有谁觉得天太黑了
就买一个

2012.9.28

2018/04/05

叛逆期

我的叛逆期

能不能早点儿到

我要以叛逆期的名义

干几件大事

2017/07/05

龙

嘴巴是狼的
眼睛是金鱼的
触须是金龙鱼的
鼻子是狗的
角是鹿的
爪子是鹰的
身材是蛇的
尾巴是斗鱼的
不知什么
是它自己的
所以
我不喜欢

2018/09/23

火车站广场的夜晚

撒了一地人

2014/12/17

火车

火车

贴着地跑

火车弯弯的

因为地球是圆的

为什么我在卧铺车厢容易写诗

我看着窗外
一个个灵感在地上跑
我穿过玻璃
抓一个
是一个

2018.4.12

2018/05/22

行李箱

爸爸和姐姐
拉着行李箱
走在前面
两个箱子
一会儿碰在一起
一会儿又分开
好像一对恋人

蛇

2018/06/02

夜行

深夜

我们穿越莲花山

爸爸说

最近山里有点不安全

如果有根棍子

就好了

我说要是有坏人

我就绷成一根棍子

你拿着挥就行了

2018/01/10

化妆

火车上

一个售货员

正在推销新疆特产

化妆化得

很新疆

推销了一会

她又换了一个茶花女的妆

开始推销茶叶

2013/11/25

我基本上

我基本上就是妈妈

妈妈基本上就是我

你摸我的肉

就是摸妈妈的肉

因为我是妈妈生的

我是妈妈的一部分

2018/08/22

写诗区

我在两个车厢连接的

吸烟区

写诗

把它变成了

写诗区

2018/04/17

青春期

在火车站候车室

有个大牌子

上面写着

青春期从 10 岁开始

妈呀

我已经进入青春期半年了

我这半年

是不是耽误了干什么

电线杆

夜里
车窗外
一片荒原
突然
一根电线杆
把我拉回
文明世界

2018.4.12

瞬间

车窗外是大草原
瞬间
我感到自己
是一棵草

2018.4.12

2018/10/26

流星

星星挂在天上

有一颗没有挂稳

掉了下来

2018/05/22

在重庆（之一）

嘉陵江和

长江的波浪

像火锅一样沸腾

2018/05/22

在重庆（之二）

穿裙子时

我对爸爸说

你要帮我把裙带

系得松松的

小吃太多

我想多吃一些

2018/04/12

笑

不想笑的时候

微笑

好累啊

2011/02/07

隧道

我觉得隧道

像魔鬼的房间

晚上

晚上
我们去莲花山
荡秋千
我和朋友走在前面
大人都走在后面
路灯一下停了
我们只好在黑暗里走路
没有路灯
原野里的小花
只好靠着花蕊里的亮光
来当灯
小草借着露珠才知道
自己在哪里

2014.1.31

2018/06/26

鹦鹉

等我长大后

为了安全

要训练一只鹦鹉

每次送快递的人一来

我就往里面喊

老公

你的快递

鹦鹉就在里面

粗声粗气的回答

亲爱的

我马上来

透过火车的双层玻璃

2018/08/22

月亮（之三）

透过火车的双层玻璃

我看见三个月亮

2014/11/21

吹泡泡糖历险记

我和爸爸姐姐计划去山东看奶奶

为了省钱

妈妈和我商量好了

买了 100 块泡泡糖 → 注：这数字是故意写错的哦！

于是我嘴里放了 20 块

爸爸嘴里放了 70 块

姐姐嘴里放了 50 块

我们一起嚼

吹出一个大大的泡泡

凭着这个大泡泡我们升天了

可是我们无法控制方向

我就用一条绳子

一头拴在前往山东的高铁上

一头拴在我们的泡泡上

高铁带着我们和大泡泡飞速前进

可怕的是风太大

泡泡不受力

破了

我们掉了下来

掉到一个十分陌生的城市

这个城市有一种神奇的魔力

一下把我们变小了

这时一只巨大无比的鸡走过来

我们抓住鸡脚与它搏斗

最后把鸡打跑了

获得了一根羽毛

但我们自己却遍体鳞伤

休息了一会我们想了想

又回到刚才搏斗的地方

又看见两根羽毛落在地上

我们便用这三根羽毛

做成三艘小船

然后去旁边垃圾堆找到一些令人惊喜的宝贝

那些宝贝是一根一次性筷子和一小块玻璃

我们用玻璃做成一把锋利的斧头

把一次性筷子劈成三段

一人一根做桨

结果不行又把三艘小船合并起来

变成一只大大的轮船

然后我又找来一块小石子和一根绳子

作为锚

我们就驾驶着这只大轮船

航行在一望无际的大海上

我们还备了些干粮

那些干粮其实就是两穗麦子

麦粒很大

我们很小

只用四十颗麦粒

我们就可以吃一年

每次饿了掰下一粒

我们三个人围着吃

走了很久很久

在干粮快吃完的时候

终于来到了岸边

上了岸我们去一家便利店

偷取泡泡糖

我们三个人一起使劲

抬走一块

然后我用斧头

把泡泡糖砍碎

我们每人嘴里嚼 8 块碎块

再吹出泡泡

我们排着队

把自己套进泡泡里

终于我们又开始升空

飞呀飞

很快看见山东了

这时大泡泡开始降落

没想到刚降到一半

大泡泡突然破了

幸运又糟糕的是

我们落到了一头巨大无比的大肥猪身上

那只大肥猪跟我们搏斗

我们翻墙而过

遇到了奶奶

奶奶是个巨大无比的巨人

我爬到奶奶的耳朵上

喊道

奶奶

我是二嫂

并且把事情的来龙去脉告诉了她

奶奶拿出一个巨大无比的火柴盒

给我们住

我灵机一动

跟奶奶要了几根牙签

把火柴盒装修一番

在火柴盒里立起几根漂亮的大柱子

奶奶给我们一块巨大无比的面包吃

还给我们一块巨大无比的纸巾

当被子

过了一些日子

我说奶奶我们该回深圳了

奶奶就用泡泡糖吹出一个大泡泡

说你们进去吧

这个泡泡可以护送你们

为了安全

奶奶还抛出三块小布头给我们

我说我明白了

爸爸说你明白什么了

我说万一泡泡破了

这三块布就是三个降落伞呀

借助奶奶的方法

我们成功抵达深圳

2018/05/16

我是属猪的

爸爸给我读《水浒传》

读到杀牛宰羊

我脖子一凉

2018/07/15

祭

草地上

小鸟的墓

有点辨认不出来了

为了保险

我和姐姐

把一整片草地

都洒上了

花瓣

原创

如果有谁对我说
我爱你
这绝对绝对不是原创
原创在妈妈那里

2014.10.9

2018/09/09

卧佛

看着卧佛

好困

2018/06/28

梳

爸爸在思考时

总是拿一把梳子

在头上梳来梳去

好像梳的不是头发

而是思绪

2018/05/22

非洲

一想起非洲
我嘴里就干干的

2018/10/04

李娟的阿勒泰

连里面的小流氓
都那么朴实

2017/05/06

看书

我在看书

越看越好看

感觉升上了天堂

爸爸一遍遍叫我吃饭

像是一点点掉下了地狱

没办法

我只好边看边吃

我在

快乐的地狱里

2015/05/20

干杯

地球属于人类

这是个有罪的想法

地球是大家的

最先发现地球的是动物

现在我要为动物干一杯

我的左手代表我

我的右手代表所有动物

我举起我的花之杯

先喝为敬

干杯

2018/12/23

成长

成长

这俩字

长得

很孤单

连个偏旁都

没有

2012/09/28

电影《铜雀台》观后记

曹操很凶狠
他想占领全国

曹操一边想占领全国
一边想把世界最美的人占领了

他在最美的人里
选择最爱的人

他想把最好的城
给他最爱的人

他只有三个办法
第一，把全国的人都杀掉
第二，在市场卖鱼
赚很多钱
买来兵马
再占领全国
第三，自杀
让别人把他埋掉
再变成巨人
回来打仗

曹操这个人

适合在荒草地里打仗

而刘备呢

他适合在小溪流里打仗

刘备很细小

溪流也很细小

要不然他就会

被溪流挤扁

关公呀

他适合在难关里打仗

要不他就自己做个难关

跟别人打

诸葛亮这个人

他可以一边负责喂猪一边打仗

或者他在地上画个格子

在格子里打败敌人

但是他必须在光线很好的地方打仗

如果没有光线

他会老得很快

2018/09/03

不是时候

我和姐姐

还有外甥女一起玩

奶奶突然推开门

想进来

觉得不是时候

就轻轻把门关上

过了一会儿

奶奶又推开门

还觉得不是时候

又把门关上了

2018/10/04

无题（之三）

妈妈看着

我和姐姐吃光的碟子

说

年轻真好

2013/08/30

河水轻飘飘

河水轻飘飘
我的头发也在飘

小鸟在空中翱翔
力量陪伴着它

一座巨大的楼房
在水中的倒影
就像水里有一座宫殿
鱼儿住在宫殿里
正在跟水鸟搏斗

树在朗诵春天的到来
蝉为最后的牺牲歌唱
松鼠拼命地跟蝉告别
用最后美好的时光
做最后的告别

2018/04/06

梦（之五）

有个公主
养了一匹马
她给她的马喂米饭
马被噎死了
公主就哭
她的眼泪变成了一匹马
她骑着马去火焰山玩
那匹马化了

2018/11/19

眼泪不值钱

长大了

就值钱了

2018/08/22

长高

我站在台阶上

比爸爸还高

我决定以后长这么高

就行了

或者再高

一点点

2018/02/08

灵感（之二）

我在冬天灵感少

在春天灵感多

因为春天花开了

每一朵花在开放的一瞬间

都有一个灵感飞出来

谁离它最近

就属于谁

如果花开放时没有人路过

灵感就会到处飞

如果连续四个人都没有抓住它

它就会飞向太空

永远消失

2018/06/23

目光

我给在老家的奶奶

打电话说

我现在正看月亮

你也看月亮

这样

我们的目光

就会在月亮上

相遇了

2015/05/06

小孩星和爸爸星

夜里

姐姐从桥上

把刚采来的一粒桃树胶

丢进了观澜河里

姐姐说

怎么没有传来落水的声音呢

我说姐姐

你不要等了

我立马把那栋大楼扛过来

让你扔下去

这样就会扑通一声把水溅上来

有两粒水

把我和姐姐

带到了小孩星上去了

另一粒水

把爸爸带到了爸爸星上去了

姐姐和我在小孩星上

遇见了方形的小孩

圆形的小孩

三角形的小孩

各种各样形状的小孩

有一种最特别的小孩

是无形的

但有影子

爸爸在爸爸星上

也遇到了各种形状的爸爸

小孩星和爸爸星

都是在大大的宇宙里

但它们之间

有一条隐形的分隔线

中间是一道神秘之门

彼此不能往来

你如果不小心

碰到了那道神秘之门

会被弹回原地

只有使用密码

才能打开这道门

只有我

和我的动物

知道密码

2018/08/06

包饺子

我和爸爸一起

包饺子

爸爸包的

是正规的饺子

我包的是

不正规的饺子

我的饺子

站在爸爸的饺子里

显得格外出众

2018/06/23

爬山

我和姐姐爸爸爬山时
两条腿很重
我就弓下腰
用手抓住膝盖
拄着两条小腿
大喊一声
再见了朋友们
飞快地
冲上了山顶

2018/07/12

兔子

宠物店里

有两个盒子

一个装着 100 块一只的兔子

一个装着 200 块一只的兔子

一只 100 块的兔子

跳到了 200 块的盒子里

过上了上流社会的生活

而一只 200 块的兔子

跳到了 100 块的盒子里

变成了平民

2018/04/10

无题（之四）

一个人走在荒野里

一群狼围着他

那个人就疯狂地钻木取火

想用火把狼吓跑

钻了一会

一只狼走过来说

你的心意我们领了

但我们可以

吃生的

2018/12/23

小时候

我小时候

不会说

尼姑

而说

女和尚

2018/05/18

火药味

我和姐姐

比赛着写诗

每次看见她

抓起手机

我就感觉闻到了

火药味

2018/02/11

无题（之五）

爸爸在家工作

不能出门

我就拿着爸爸的眼镜

出去

替爸爸休息了一会儿

2013/11/18

楼房

楼房很高

我倒着往上看

感觉

它把我倒拎着

甩来甩去

像是坐

最危险的过山车

2014/08/04

不是游是飞

我和爸爸吃完饭

来到了观澜河桥上

往下看

因为刚刚下过一场雨

河水急速地从上游

流到下游

我跟爸爸说

小鱼在里面

简直不是游泳了

而是飞

2013/11/12

凉风袭击

凉风袭击着
我的脸
我的脸在
跟凉风搏斗

最后
凉风从它的地盘上
消失了
是被我的鼻子吸取了
吸到了我的地盘
变成了
我的能量

2018/07/12

鱼

超市里的鱼

被整齐地插在冰上

朝着卖鱼的阿姨

好像它们心甘情愿

再一次奔向

死亡

2017/07/08

伤口

晚上我去超市

摔伤了膝盖

一开始并不疼

我看了一眼

心想应该很疼

果然就疼起来了

然后我觉得

不应该疼

果然

不疼了

2018/04/12

月亮没有来

黑咕隆咚的

可能月亮

写诗去了

2018/07/01

梦（之六）

我在做一个梦

梦对我说

我陪了你这么久

你醒来后

请一定把我

写成诗

2018/10/08

夜空下

夜空下
我像还没有出生的盘古
缩成一个蛋
缩在
椅子里

我努力把身体缩小
为了让夜空尽可能更大

连狗叫都是安静的
比音乐还好听

一架飞机
像流星划过天空
把天空
划了一道口子
星星从里面
掉出来

远处的烟花
把星星融化成空气
在空中飘

有一个风
在我手里打了个转
又出去了

我用嘴把风
吹到了很远很远的星球
那个星球永远都不会有人出现
直到有一天
那个星球自行瓦解
又把那些风
还给地球

我的手机
与这个夜晚格格不入
很想拿它从楼上抛下去
看着它落地
碎成一堆零件
这个画面
真美

多么宁静
我觉得撞了头
都是一件
美好的事情

一只秋虫在
银河中
孤独地鸣叫

我感觉自己的呼吸声
格外多余

我好像看见
宇宙里的另外一个我

我突然往银河飞去
变成一颗星星

星星把整个宇宙填满了

漆黑中
我看见爸爸的剪影
这种剪影永远不会有人能剪出来
也不需要有人剪出来

等我干完了所有的事情
我会心安理得地去死

星星看着地面
看着一场场闹剧
星星陪着我

一只蚊子
飞到我脸上
我没有去赶它
而是让它陪我一起
看星星

我听见了自己的心跳
我听见了
从来都没有听见过的声音

我想趴在地上
和地面融为一体

吹过去一阵风
我的头发
随意
飘在空中

如果每个人都像星星
都是自己
那该多好

可能 100 年以后
星星还是星星
我就
已经不是我了

美得有点想流泪

这么美好的夜晚
我居然有点冷
我感到惭愧

2014/05/02

古人

我也会

成为古人的

姜二嫚是一个什么样的小朋友?

小小妹妹

一个紫色的大蘑菇来了。

这是我的妹妹打着伞，在雨中走。

我甚至连她的脚都看不见了。

妹妹 3 岁，属猪。

玉石阿姨逗她："你是属大笨猪，还是属小笨猪啊？"

妹妹连声说："不是！不是！我直接属猪。"

妹妹的脸挖破了，出血了。

第三天，又把伤口抠开了。

妹妹说："我抠掉了一块鳞片。"

夜里，爸爸用电蚊拍打蚊子。

妹妹提醒道："爸爸，我知道蚊子躲在哪里，它们躲在茂密的位置，或者阴森森的地方。蚊子的家门口，一定有个牌子，上面写着：要小心人的袭击！"

爸爸说，他见过一个捡废品的人，捡到半瓶矿泉水，拧开瓶盖儿，自己喝了。

还有一次，见有个捡废品的人，捡了半瓶水，走到路边，把水浇到树根上了。

我说："这两个人做的都对！第一个人，说明他渴了……"

妹妹抢着说："第二个人，树会健康的，树会长大的！"

爸爸说，他见过一只流浪狗，居然会从斑马线上过马路，还会看红绿灯，不闯红灯。

妹妹说："我懂了！它一定是被人养过。"

妹妹说："狗会看家，这是真的吗？它怎么知道谁是小偷呢？"

妹妹又说："我懂了！要是狗身上背着一杆枪和一个弓箭，再教它一些武艺，那就更厉害了！"

妹妹说："我懂了！世界上的人是一个生一个，一个生一个，所以就越生越多，越生越多！"

妹妹接着问："但是世界上最早的人，是谁生的呢？难道是'世界'生的吗？那'世界'是谁生的呢？是科学家生的吗？那科学家是谁生的呢？"

妹妹问：

"世界上有公主，这是真的吗？"

"世界上有冰雹，这是真的吗？"

"世界上有小偷，这是真的吗？"

"世界上有女巫，这是真的吗？"

"世界上有古代，这是真的吗？"

妹妹对爸爸说："我爱你！"

爸爸说："为什么呀？"

妹妹说："我解释不了！"

早晨，爸爸送妹妹上幼儿园。

临别时，爸爸说："我爱你！别忘了啊！"

妹妹说："不会的！我都背下来了，我还会复习呢，在心里复习！"

爸爸带妹妹乘公交车。

该下车时，乘务员阿姨大声喊："×× 站到了，有没有下的？"

妹妹边起身边喊："有下！两个人，一个男的，一个女的！"

下了车，妹妹又冲着车上喊道："下完了！下完了！"

妹妹把听来的三国故事，讲给妈妈听。

妹妹说："曹操这个人啊，嘴上夸杨修，心里却恨杨修，因为杨修把曹操的心思都知道了。曹操一气之下杀了杨修……"

妈妈说："原来人还可以这样啊！嘴上夸，心里恨！"

妹妹说："古代人才这样，我就不是这样！"

吃桃子时，妹妹问爸爸："桃核儿可以种吗？"

爸爸说："可以！"

妹妹把桃核儿啃干净了，交给爸爸说："你帮我留着，我要把它种在地里，这样就可以反复吃！"

妹妹问："龙卷风能把人卷起来吗？"

爸爸说："能啊。"

妹妹问："我们这儿有没有龙卷风？"

爸爸说："没有。"

妹妹问："世界上哪儿有龙卷风呢？"

爸爸说："美国。"

妹妹说："我懂了！为什么美国人那么少，中国人那么多，原来是龙卷风把他们卷到中国来了！"

妹妹找到了一截细铁丝。

她把铁丝弯来弯去，弯成一个小圆圈，套在手指上。

妹妹得意地向我们展示说："这是我的戒指！"

后来，她又找到了一个有孔的小珠子，又把铁丝拉直，把珠子穿上去，再做成戒指。戴着到处跑。

妹妹捡到了一个圣诞树上的小铃铛。

她用报纸搓了一条小绳子，把铃铛穿在绳子上，让爸爸帮她系在脖子上，说这是她的项链。

很快，纸绳断了。

妹妹又找来一条坚固的线绳，再让爸爸帮她系在脖子上。

接下来几天，妹妹一直戴着这个项链，连睡觉也不脱，胸前挂着个铃铛。

妹妹从外面回来，气喘吁吁地对爸爸说："我搬来一条乌龟腿！"

爸爸在忙自己的事，没有抬头看她，只是随意应了一声。

妹妹又介绍说："这是古代的乌龟腿，是我的考古新发现！"

当爸爸抬头看的时候，爸爸吃了一惊：在玻璃茶几上，摆着一块比爸爸的大皮鞋还要大的水泥石头！

爸爸问："这么大块石头，你怎么搬上楼的？"

妹妹有点儿生气："这不是石头！这是古代的乌龟腿！"

爸爸问："这是在哪儿发现的乌龟腿啊？"

妹妹说："在一个秘密的地方。"

爸爸又问："为什么说它是一条乌龟腿啊？"

妹妹说："是一个小哥哥告诉我的。"

爸爸帮妹妹把"乌龟腿"小心翼翼地搬到了阳台上，还在下面隆重地垫了张报纸。

一天，妹妹从幼儿园回来，高兴地说："我学了一首唐诗！"

然后就背给我们听——

"李白乘舟将欲行……"

过了几天，妹妹放学回来，大声宣布道："我也作了一首诗，比李白的还要好——

二嫚乘舟将欲行

忽闻岸上踏歌声

桃花潭水深千尺

不及艾米送我情！"

艾米是妹妹的同学。

到了冬天，街上卖烤羊肉串的新疆人格外多。

烟雾腾腾，像是起了大火。

妹妹说："这些卖烤羊肉串的人，以前一定是猎人！"

爸爸问："为什么？"

"因为他们抓了羊，才有羊肉烤啊！不然，哪来的羊肉呢？"

"那你知道他们是在哪里抓的羊吗？"

"在草原上，因为羊在草原上吃草啊！"

妹妹又问："为什么草原总是在新疆，我们这里总是没有？"

深更半夜，妹妹一个人坐在窗台上往外看。

妹妹转过脸对爸爸说："爸爸，我们不能养蝙蝠！蝙蝠的翅膀扇得太快了，容易打着人！"

我们在西丽果场抓了两只萤火虫，妹妹和我一人一只。

回到家，我们把萤火虫放到卧室里，熄了灯，两个黄黄的小光点到处飘。

后来，居然找不见了。

第二天夜里，熄了灯，妹妹对妈妈说："我昨天晚上做了个梦，梦见我们满家都是萤火虫！"

妈妈说："快睡吧，快快去你梦里见萤火虫吧。"

但是妹妹还是睡不着。

深夜，妹妹睡不着。

妹妹仰卧在床上，跷着二郎腿，说："睡觉没意思！"

妹妹问妈妈："我这是不是失眠啊！"

爸爸说："你看树叶，风一吹，哗哗地落。"

妹妹说："像下雨一样。"

妹妹说："爸爸跑得像鱼一样快！"

早餐，我们吃韭菜炒蛋。

妹妹一边吃，一边说："好香！但是有一点点烫！"

然后，妹妹又解释说："100个香，1个烫；1分钟烫，好几个小时香！"

深夜，我们从中心书城回家。

为了呼吸新鲜空气和观赏山里的夜景，我们常常从莲花山穿山而过。

在风筝广场的大草坪上，有许多露水沾在草叶上，我们有时干脆脱了鞋子，赤着脚在上面走。

脚底下凉凉的，痒痒的，好好玩。

有一次，爸爸逗我们："你们有没有听见露珠被踩爆了，劈里啪啦地响？"

我们嘻嘻哈哈地说："听见了！听见了！"

跑得更欢了，还故意跺着脚跑。

爸爸问妹妹："你知道露珠什么样子吗？"

妹妹说："知道啊！我们汤老师拿了一杯水浇花，花上有水，圆圆的，汤老师说这就是露珠。有一滴水珠很神奇，花的叶子尖尖的，它也没有被刺破，它很坚强！"

妹妹生气的时候，就会什么都反着来，很犟，你说东，她偏说西，你说南，她偏说北。

一次，妹妹生气了，就站在那儿，含着泪，愤愤不平地大声背"唐诗"：

床前不明月光！

疑是不地上霜！

举头不望明月！

低头不思故乡！

那天，天气很冷。

爸爸让妹妹去阳台喂小兔子。

妹妹不去，说冻手。

爸爸催了好几次，妹妹还是不去。

爸爸发火了："你到底爱不爱小兔子嘛！"

妹妹大声反问："你到底爱不爱我嘛！"

在书城，妹妹看好一本书，带玩具的，很想买。

爸爸没给她买，说太贵了。

妹妹噘着嘴。

但是爸爸给自己买了本书。

妹妹放声大哭，喊道："为什么你想干什么就干什么！？"

不记得为件什么事，我和妹妹发生了冲突。

妹妹抓破了我的胳膊，我踢了妹妹一脚。

妹妹哭起来。

爸爸过来。

爸爸叫妹妹给我道歉，也叫我给妹妹道歉。

我说："这样吧，你也不用给我道了，我也不用给你道了，互相抵消了！"

"刚好！"妹妹也特别满意。

妹妹说："哭是靠自己的，想哭就哭，不想哭就停。"

有段时间，妹妹天天嚷着，要爸爸送她去武术班学武术。

妹妹说："我有好多仇要报！"

爸爸问她："你要向谁报仇啊？"

妹妹悄悄告诉爸爸："姐姐是我第一个仇人，但是你要替我保密。"

爸爸和妹妹在永和豆浆大王吃早餐，妹妹望着窗外愣神儿。

妹妹发现，有一只黄蝴蝶在往玻璃窗外面撞。

妹妹叫爸爸去捉。

爸爸用一个小塑料袋，搞得鼓鼓的，把它套了进去。

出了餐厅大门，打开袋子，蝴蝶就忽忽悠悠地飞走了。

它还停在一个报刊亭上面休息了一会儿。

妹妹高兴得不得了，好像比那只蝴蝶还高兴。

爸爸问妹妹："是谁救了蝴蝶？"

妹妹说："是我！说不定它还会告诉它的妈妈呢！"

过了一会儿，妹妹很遗憾地说："坏了！我忘了告诉它我的名字。"

郭叔叔开车来接爸爸和妹妹。

车在路边停下，爸爸催妹妹快快上车。

妹妹不肯上，坚持让爸爸先上。

上了车，爸爸责怪妹妹说："那里不好停车，叫你上就快上嘛，你怎么搞的！"

妹妹不高兴地说："你这样做是违背《弟子规》的——'或饮食，或坐走，长者先，幼者后。'"

爸爸给妹妹看他同学聚会的录像。

爸爸突然暂停了画面，指着一个同学说："这个叔叔，已经去世了。"

妹妹问："他去世了，你哭了没有？"

爸爸说："哭了。"

妹妹说："是啊！好朋友去世了就是要哭！上次我的小金鱼去世了，我也哭了！"

爸爸把手机轻轻搁在妹妹头顶上，然后迅速拿走，并且惊讶地叫道："哎呀！我捡了个手机！"

妹妹一把抢走爸爸的眼镜，开心地说："我捡了个眼镜！"

我挽住爸爸胳膊，说："我捡了个人！"

在出租车上，我们又玩这个游戏。

妹妹握住车门把手，说："我捡了辆汽车！"

司机叔叔扭头看了一眼，满脸疑惑。

妹妹马上缩回了手。

下了车，往家走的路上，妹妹说："我用眼睛捡了个大楼！"

我说："我的脚捡了个地球！"

妹妹在拼新买来的拼图。

妹妹非要教妈妈拼。

妈妈跟着她拼的时候，顺口叫了一声妹妹的名字。

妹妹立刻纠正道："你不能叫我的名字，你要叫我'老师'。"

妹妹问爸爸："我怎么长得这么慢啊？"

爸爸说："你长得挺快啊！"

妹妹说："不！我长得太慢了！"

姜馨贺

2011年2月26日—2012年7月31日

小里予是一个什么样的小朋友?

“我，小里予，喜欢画画和抓虫子。”

书中所有插画，是小里予在 4—8 岁时创作的。

姜二嫚的诗

作者 _ 姜二嫚　绘者 _ 小里予

产品经理 _ 大圆　装帧设计 _ 朱赢椿　罗薇　产品总监 _ 何娜　技术编辑 _ 白咏明
责任印制 _ 刘淼　出品人 _ 王誉

果麦
www.guomai.cn

以 微 小 的 力 量 推 动 文 明

图书在版编目（CIP）数据

姜二嫚的诗 / 姜二嫚著 ; 小里予绘 . -- 杭州 : 浙江文艺出版社, 2020.3（2024.5 重印）

ISBN 978-7-5339-5891-6

Ⅰ. ①姜… Ⅱ. ①姜… ②小… Ⅲ. ①诗集－中国－当代 Ⅳ. ①I227

中国版本图书馆 CIP 数据核字 (2019) 第 222650 号

姜二嫚的诗
姜二嫚 著　　小里予 绘

责任编辑　张小苹
装帧设计　朱赢椿　罗　薇

出版发行　浙江文艺出版社
地　　址　杭州市体育场路 347 号　　邮编 310006
经　　销　浙江省新华书店集团有限公司
　　　　　果麦文化传媒股份有限公司
印　　刷　天津丰富彩艺印刷有限公司
开　　本　787 毫米 ×1092 毫米　1/16
字　　数　72 千字
印　　张　11.5
印　　数　97,001—101,500
版　　次　2020 年 3 月第 1 版
印　　次　2024 年 5 月第 14 次印刷
书　　号　ISBN 978-7-5339-5891-6
定　　价　49.80 元